PEANUTS

Snoopy levanta el vuelo

Por Charles M. Schulz

Adaptado por Tina Gallo

Traducción de Alexis Romay

Ilustrado por Scott Jeralds

Simon & Schuster Libros Para Niños

Nueva York   Londres   Toronto   Sídney   Nueva Delhi

SIMON & SCHUSTER LIBROS PARA NIÑOS

Publicado bajo el sello editorial de la División Infantil de Simon & Schuster

1230 Avenue of the Americas, New York, New York 10020

Primera edición en lengua española, 2016

Publicado originalmente en inglés en 2015 con el título *Snoopy Takes Off!* por Simon Spotlight, bajo el sello editorial de la División Infantil de Simon & Schuster.

Traducción de Alexis Romay

Para obtener información respecto a descuentos especiales en ventas al por mayor, diríjase a Simon & Schuster Special Sales a 1-866-506-1949 o a la siguiente dirección electrónica: business@simonandschuster.com.

Fabricado en los Estados Unidos de América 0518 LAK

10 9 8 7 6 5 4 3

ISBN 978-1-4814-6175-7

ISBN 978-1-4814-6174-0 (eBook)

Este es Snoopy. Te podría parecer un perro común y corriente, ¡pero lo cierto es que de común y corriente no tiene ni un pelo!

Snoopy no hace nada del mismo modo que lo haría un perro común y corriente, comenzando con la manera en que duerme *sobre* su caseta de perro, no dentro de ella.

Charlie Brown es el dueño de Snoopy, aunque muchas veces parece que la cosa es al revés.

"¡Qué día tan lindo!", piensa Snoopy. "¡Es un día perfecto para montarme en mi avión, elevarme por los aires y luchar contra el Barón Rojo!".

Cuando Snoopy dice que va a "montarse en su avión", lo que en realidad quiere decir es que va a sentarse sobre su caseta. Se pone los anteojos, la bufanda y el casco.

—Aquí está el as del aire de la Primera Guerra Mundial atravesando el cielo en su avión Sopwith Camel —dice Snoopy—. ¿Dónde estás, Barón Rojo? ¡No te podrás esconder de mí!

¡De pronto, Snoopy avista el avión del Barón Rojo!
—¡Qué bien! —vitorea. ¡Por fin va a capturar al enemigo!
—¡A toda velocidad! —grita Snoopy. Pero aunque Snoopy es rápido, el Barón Rojo es más rápido todavía. Y se escapa... otra vez—. ¡Noooo! —grita Snoopy, agitando el puño—. ¡Ya te agarraré, Barón Rojo! ¡La próxima vez no te me escaparás!

Snoopy se quita el casco y se sienta dejando escapar un suspiro. Se da la vuelta y ve a Charlie Brown que le trae su plato de comida. Charlie Brown niega con la cabeza.

—Me pregunto cómo sería tener un perro normal —le dice Charlie Brown.

Snoopy lo ignora y se concentra en disfrutar su comida. ¡Ser un as del aire de la Primera Guerra Mundial te abre el apetito!

Un rato después esa misma tarde, Snoopy está aburrido, así que decide escribir la próxima gran novela americana. Saca su vieja máquina de escribir y comienza a teclear.

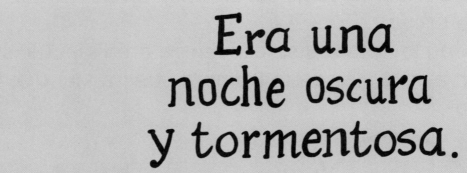

Era una noche oscura y tormentosa.

Linus pasa por ahí, y le pica la curiosidad.

—¿Puedo ver lo que has escrito? —pregunta.

Snoopy asiente y le entrega la página a Linus.

—Tu novela tiene un comienzo muy emocionante —dice Linus.

Snoopy sonríe con orgullo.

Linus le entrega la hoja de papel.

—Buena suerte con la segunda oración —le dice.

A Lucy también le pica la curiosidad con el libro de Snoopy. Tiene una sugerencia para él:

—"Era una noche oscura y tormentosa" es una manera terrible de comenzar un cuento —le dice—. Deberías comenzar tu cuento con "Había una vez".
Así es como comienzan todos los buenos cuentos que se respeten.

Snoopy piensa que a lo mejor Lucy tiene razón, así que cambia el inicio de su cuento. Escribe:

Había una vez, era una noche oscura y tormentosa.

Lucy le da un vistazo a la nueva hoja de papel y suelta un quejido.

—¿No podrías escribir sobre algo agradable? —le pregunta a Snoopy.

Snoopy piensa que esa es una buena idea. Así que teclea.
Entonces deja de escribir y, para sorpresa de Lucy, salta de
su caseta...

Había una vez, era una
noche oscura y tormentosa,
¡Cuando de repente
sonó un beso!

¡y le da un beso grande a Lucy!

—¡Ayyy, me ha besado un perro! ¡Tengo gérmenes de perro! —grita Lucy y sale corriendo.

"Eso no fue ni la mitad de lo romántico que pensé que sería", piensa Snoopy.

¡Snoopy decide que es un buen momento para un receso bailable! ¡No hay nada que le guste a Snoopy más que bailar!

¡Baila con Charlie Brown!

¡Baila con Lucy!

¡Baila con Linus!

¡Incluso baila sobre el piano de Schroeder! (Esto a Schroeder no le hace mucha gracia).

Después de todo el bailoteo, es hora de merendar. Snoopy invita a su mejor amigo, Woodstock, a comer galleticas caseras y beber leche. Aunque a Snoopy le gusta la comida para perros que Charlie Brown le trae, él es también un cocinero fabuloso y le gusta preparar sorpresas para sus amigos.

A Woodstock le encanta pasar tiempo con Snoopy, así que le cuenta sobre su día. Por suerte para Woodstock, Snoopy habla ave con fluidez, y entiende cada palabra que le dice.

Woodstock quiere ir de acampada con Snoopy y algunos de sus amigos.

—¡Esa es una muy buena idea! —dice Snoopy—. Después de todo, yo *soy* un explorador beagle.

Woodstock rápidamente reúne a sus amigos.
—¡Síganme, tropas! —dice Snoopy—. ¡Y no quiero ver a nadie husmeando cerca de mis patas!

Los pájaros están muy nerviosos por la caminata. Quieren estar lo más cerca posible de Snoopy, así que todos sobrevuelan alrededor de su sombrero de explorador beagle. "Bueno, por lo menos prestaron atención a parte de lo que dije", piensa Snoopy.

Los pájaros no tardan mucho en sentir morriña, así que Snoopy decide acortar la travesía.

—Es el momento perfecto para regresar a casa —les dice Snoopy.

Tocan a la puerta de la casa de Charlie Brown.

—Llegamos justo a tiempo para la cena.

—Bueno, supongo que ahora querrán relajarse un rato —dice Charlie Brown.

Snoopy lo mira en estado de shock. ¿Relajarse? ¿Está bromeando? Snoopy saca una guitarra. ¡Es hora de una sobremesa musical!

—Supongo que nunca serás un perro común y corriente, ¿verdad, Snoopy? —dice Charlie Brown—. Pero ¿sabes una cosa? Creo que no me gustaría que lo fueras.

"¡Ni a mí tampoco!", piensa Snoopy alegremente. "¡Ni a mí tampoco!".